DOS CENAS

EMILIA PARDO BAZÁN

-Hoy es un día muy señalado y una noche en que no se debe cenar solo -dijo Rosálbez, el banquero, a su amigo el joven conde Planelles, a quien encontró "casualmente" en su misma calle, casi frente al suntuoso palacio. Usted es soltero, no tendrá quizá comprometida la cena... Si quiere hacernos el obsequio de aceptar..., a las ocho en punto... Yo apenas cenaré: me siento malucho del estómago; usted despachará mi parte...

-Mil gracias, y aceptado -respondió cordialmente el conde-. Pensaba cenar con unos cuantos en el Nuevo Club. Les aviso, y en paz... Aunque casi no era necesario avisarlos: al no verme allí...

-¡Perfectamente! Hasta luego -murmuró Rosálbez, saltando a su berlinita, que le aguardaba para llevarle, como todos los días, a una plazuela, y de allí, a pie, a cierta casa, hasta la cual no le convenía que llegase el coche.

Era el secreto de Polichinela, como dicen nuestros vecinos los franceses; nadie ignoraba en Madrid que Rosálbez protegía a aquella rasgada moza, Lucía la Cordobesa, de tanta gracia y garabato, y que el entretenimiento le salía carísimo: el que lo tiene lo gasta.

Ha de saberse que Rosálbez, el opulento, había llegado a los cincuenta y seis años, y empezaba a cambiar sensiblemente de genio y de gusto. En otro tiempo no necesitaba la nota afectuosa en sus relaciones con mujeres: sólo exigía que le divirtiesen un instante. Ahora, sin duda, el desgaste físico de la edad reblandecía sus entrañas, y lo que buscaba era agrado tranquilo, el halago suave de un mimo filial. Su hija verdadera, Fanny, le demostraba un respeto helado, una obediencia pasiva y mecánica, y Rosálbez aspiraba a encontrar en la Cordobesa espontaneidad, calor amoroso, algo distinto, algo que removiese ceniza y alzase suaves llamas. Con esta esperanza y este deseo, llamaba a su puerta el día de Navidad.

Lucía estaba en su tocador. Vestía una bata de franela rosa. La doncella, que le recogía con ancho peine la magnífica mata de pelo ondulado, de un negro azabache, al ver entrar al protector retiróse discretamente.

La Cordobesa sonrió; Rosálbez le tomó una mano y, acariciando con reiterados pases la piel de raso moreno y los torneados dedos, la interpeló así:

-¿Conque cenamos juntos esta noche, nena? ¿Conque tú misma irás a la cocina y dirigirás la sopa de almendra y la compotita con rajas, al uso de tu país?

Lucía entornó un instante los párpados pesados y sedosos, y su boca pálida, en la cual refulgían los dientes como trozos de cuajado vidrio frío y blanco, hizo un gesto de mal humor.

-¡Ay hijo! Pero ¡qué caprichos gastas, vaya por San "Rafaé"! ¿Te lo he de decir cantando o "resando"? Ya sabes que está en Madrid mi prima la de Ecija, y quiere que la acompañe a la misa "el" Gallo, a medianoche. Si te conformas con cenar a las ocho y largarte a las once en punto..., santo y bueno; después..., tengo compromiso.

Rosálbez se soliviantó; se inyectó de sangre su cráneo calvo.

-¡Compromiso! ¡Me gusta! ¿Y qué compromiso es más que yo para ti? A las ocho se cena en mi casa; tal noche como hoy no he de dejar a mi hija sola, y menos teniendo convidados.

-¡Hola! ¡Convidados! ¿Quién?

-Gente que no conoces. Los Ruidencinas, Mario Lirio, el conde de Planelles...

Lucía se echó a reír. Su carcajada era vulgar (nada como el eco de la risa delata la extracción, la educación y la calidad del alma).

-¿De qué te ríes? -exclamó el banquero, impaciente.

-De ti -respondió ella con cinismo-. ¡Mira tú que "empeñate" en que no conozco a ésos! Conozco yo a "to" el mundo.

Aquella risa insolente y mofadora, que continuaba, le hacía daño a Rosálbez. Hubiese pagado a buen precio una luz de melancolía en los grandes ojos árabes de la Cordobesa, un aire de mansedumbre en su morena faz.

-¿Me das de cenar o no? -insistió secamente, sintiendo en las manos como unas cosquillas, impulso de tratar con brutalidad a la reidora.

-A las "dose"..., ni que te lo imagines, criatura -declaró ella con la misma desdeñosa inflexibilidad.

-Bien, hija -exclamó Rosálbez con laconismo, levantándose y encaminándose hacia la puerta.

A medio pasillo sintió detrás de sí las pisadas y la voz de Lucía, que le llamaba bromeando; pero en vez de volverse apretó el paso, tiró vivamente del resbalón de la puerta y bajó las escaleras a escape. Al verse en la plazuela, recordó que había despedido su coche, y echó a andar a pie, para calmar su agitación nerviosa. Claridad repentina alumbraba su mente; comprendía lo que estaba sucediendo. Era, sin ambages, que se encontraba enamorado de Lucía, de la Cordobesa agitanada e indómita. Hasta entonces la había mirado como un mueble o un objeto de lujo: indiferencia absoluta. Pero la crisis de su madurez ablandándole el corazón, hacía germinar en él un sentimiento desconocido. Al acercarse la noche inmortal, consagrada al amor puro, en que se desea reclinar la frente sobre el pecho de un ser amado, Rosálbez soñaba que ese pecho sería el de la Cordobesa, y las proporciones de su pena ante el desengaño le daban la medida exacta de su ilusión. "¡Después de lo que hice por ella! -pensaba el banquero-. La he sacado de la abyección y de la miseria; me debe hasta el aire que respira. La he tratado mejor que a "nadie"; la he rodeado de bienestar y de lujo; le he guardado incluso consideraciones... La quiero, la idolatro... ¡Ingrata!"

La idea de la ingratitud de Lucía causó a Rosálbez una especie de enternecimiento: sintió lástima de sí mismo; se tuvo por muy desventurado. A aquella hora de su vida, ante la vejez amenazadora, con la caja bien repleta y el alma completamente árida y oscura, Rosálbez lo que echaba de menos para tapar el negro agujero, era "cariño". Su mujer fue una dura vascongada, una rígida ama de llaves, una secatona administradora, que no pensaba sino en cooperar dentro de casa, por medio de una economía estricta, a las brillantes especulaciones del marido. Cuando murió, Rosálbez notó su falta en que le robaron los cocineros y subió bastante el gasto diario. Y Fanny, la única hija, algo inclinada a la devoción, seria y callada por naturaleza, tampoco tenía para su padre halagos. Hasta se diría que le miraba como a un amo que manda, un superior, con quien no existe comunicación afectiva. Actualmente, la absorbían del todo sus amoríos con el conde de Planelles no formalizados aún.

Rosálbez lo sabía; y en el súbito acceso de bondad que le había acometido, en el deseo de ver algún rostro que le sonriese, al volver a casa se apresuró a entrar en el saloncito de Fanny y darle la noticia de que estaba invitado Planelles a cenar. Equivalía a decir: "Autorizo tus relaciones; ya tienes oficialmente novio."

Fanny, al recibir la nueva, se puso roja como una cereza, tembló; pero sólo respondió:

-Está bien...

Rosálbez fantaseaba otra cosa: que le saltasen al cuello, que le abrazasen estrechamente. Acababa de traslucir una solución para su vida: unirse a su hija, crearse un hogar en el suyo, adorar y mimar a los nietos que enviase Dios. Ya veía una larga serie de Navidades futuras, de gozosas cenas de familia, con árbol cargado de juguetes, con sorpresitas retozonas y babosas del abuelo. Creía sentir sobre sus rodillas el peso del "mayorcito" y en las barbas la sobadura de las manos tibias de "la pequeña". ¡Ah sí; aquello era lo bueno, lo honrado, lo digno, lo que debía hacerse! Y conmovido se acercó a Fanny y besó su frente marmórea, bebiendo ansioso la nitidez virginal de la fresca piel.

Espléndida fue la cena, servida a las ocho en punto. En nada se pareció a la que pretendía Rosálbez organizar en casa de la Cordobesa: ni hubo sopa de almendra, ni besugo con ruedas de limón, ni compotita con rajas de canela. Esos platos clásicos, familiares, no suelen dignarse presentarlos los cocineros de miles de pesetas de sueldo. Esos platos son mesocráticos. En cambio, desfilaron por la mesa del banquero los peces y mariscos más suculentos, aderezados al genuino estilo francés, y regado con vinos añejos, raros y preciosos. El triunfo del cocinero fue un fingido jamón en dulce hecho de pescado prensado (no se podía infringir el precepto de la vigilia), que engañaba, no sólo a la vista, sino al paladar. Fanny, sentada a la derecha del que ya consideraba su prometido, en la penumbra del centro de mesa formado de lilas blancas forzadas en estufa y tallitos de cimbalaria alternando con camelias rojas, le hablaba quedo. Rosálbez, que los miraba a hurtadillas, no pudo menos

de exclamar:

-Pero, Planelles, ¡qué poco come usted!

A lo cual contestó el conde:

-Es que me siento malucho del estómago...

Tan sencilla frase hizo estremecerse al banquero. Era exactamente la misma que él había pronunciado por la mañana, al invitar a Planelles, cuando proyectaba reservarse para la otra cena, íntima, en casa de Lucía, a las doce. Aquella singular coincidencia, no descifrada todavía, heríale, sin embargo, como chispa lumínica el pensamiento. ¿Quién averiguará por qué inmateriales hilos es conducida la leve sospecha que precede a la entera revelación de la verdad? No fue el protector apasionado de la Cordobesa, sino el padre de Fanny, quien calculó, fijando los ojos en los del futuro yerno:

"A mí con ésas. Tú ayunas para guardar apetito. ¡Ah! Yo te vigilaré. ¿Buscas en mi hija el oro o el amor? ¡Cuidado conmigo!"

La impresión adquirió fuerza cuando, a pesar de que Fanny anunció que a medianoche justa, al dar las doce, serviría a los convidados una copa de champaña para celebrar el Nacimiento, el conde manifestó que se retiraba.

Un cuarto de hora después que el conde, bajaba el banquero la escalera de mármol blanco, y saltaba en el primer coche de punto varado en la esquina. El simón destartalado se paró a la puerta de la Cordobesa. No acudió el sereno a abrir: Rosálbez le daba muy generosas propinas porque le dejase servirse de su llavín, sin oficiosidades importunas. Cruzó el tenebroso portal, y, girando a la izquierda y encendiendo un fósforo, encontró la cerradura de la puerta del cuarto bajo.

Sufría una agitación honda cuando introdujo en ella el otro extremo del llavín. ¡Aún dudaba! ¿Quién sabe? Tal vez, como buena andaluza apegada a la tradición y creyente, la Cordobesa no había querido pasar la noche del 24 de diciembre sin asistir a la misa del Gallo, la más alegre y tierna de todas las misas. ¡Qué dicha esperarla en el cuartito forrado de felpa azul, y, cuando regresase a la una, depositar en su regazo el estuche con las calabazas de perlas, el último capricho! Giró la llave sordamente; el banquero sintió bajo sus pies la alfombra de la antesala. Dio luz al tulipán, y al mismo tiempo oyó que salía del comedor algazara y risa. De puntillas se coló en el ropero, que estaba a la derecha del pasillo: quería saber a qué atenerse; iba a ver, a saber, a cerciorarse de la infamia. Del ropero se pasaba a un gabinete, y ya en éste, al través de una puerta vidriera, era fácil distinguir cuanto en el comedor sucedía. Rosálbez se agachó, entreabrió las cortinas...

Enfrente tenía a la Cordobesa con mantón de Manila y flores en el moño; a su lado, Planelles alzaba la copa.

El banquero retrocedió; reclinóse en un sofá y creyó que una mano le apretaba la nuez hasta asfixiarle. Era el desastre completo; era no solamente la burla para él, sino el desprecio de su pobre Fanny, de su hija. Las risas, las coplas venidas del comedor, le azotaban como látigos. Se levantó; a tientas buscó la salida y se encontró de nuevo en la antesala. Dejó la puerta abierta; en la calle tiró la llave al primer agujero de alcantarilla, y subiendo a otro coche dio las señas de su palacio. Todavía estaban iluminados los salones; Fanny, en la antesala, despedía a los convidados. Cuando desaparecieron, Rosálbez se acercó a su hija y, cogiéndola de la mano, tartamudeó:

-¡Valor! ¡No te sobresaltes!... Acabo de adquirir la prueba de que el conde de Planelles no te merece; de que es un miserable, que te engaña con la última de las mujerzuelas. Te lo juro; tu padre te lo jura; acaba de cerciorarse de ello, positivamente... Jamás consentiré que vuelva a poner los pies aquí.

Y Fanny sin replicar, blanca como su traje, balbució:

-Entraré en las Reparadoras.

Rosálbez vio, mirando al porvenir, una larga serie de Navidades frías y solitarias, inmenso agujero tétrico en su existencia...

José volvió a su casa al anochecer. Su corazón estaba triste: nevaba en él, como empezaba a nevar sobre tejados y calles, sobre los árboles de los paseos y las graníticas estatuas de los reyes españoles, erguidas en la plaza. Blancos copos de fúnebre dolor caían pausadamente en el alma del carpintero sin trabajo, que regresaba a su hogar y no podía traer a él luz, abrigo, cena, esperanzas.

Al emprender la subida de la escalera, al llegar cerca de su mansión, se sintió tan descorazonado, que se dejó caer en un peldaño con ánimo de pasar allí lo que faltaba de la alegre noche. Era la escalera glacial y angosta de una casa de vecindad, en cuyos entresuelos, principales y segundos vivía gente acomodada, mientras en los terceros o cuartos, buhardillas y buhardillones, se albergaban artesanos y menesterosos. Un mechero de gas alumbraba los tramos hasta la altura de los segundos; desde allí arriba la oscuridad se condensaba, el ambiente se hacía negro y era fétido como el que exhala la boca de un sucio pozo. Nunca el aspecto desolador de la escalera y sus rellanos había impresionado así a José. Por primera vez retrocedía, temeroso de llamar a su propia puerta. ¡Para las buenas noticias que llevaba!

Altas las rodillas, afincados en ellas los codos, fijos en el rostro los crispados puños, tiritando, el carpintero repasó los temas de su desesperación y removió el sedimento amargo de su ira contra todo y contra todos. ¡Perra condición, centellas, la del que vive de su sudor! En verano, cebolla, porque hace un bochorno que abrasa, y los pudientes se marchan a bañarse y a tomar el fresco. En Navidad, cebolla, porque nadie quiere meterse en obras con frío y porque todo el dinero es poco para leña de encina y abrigos de pieles. Y qué, ¿el carpintero no come en la canícula, no necesita carbón y mineral cuando hiela? El patrón del taller le había dicho meneando la cabeza: "¿Qué quieres hijo? Yo no puedo sacar rizos donde no hay pelo... Ni para Dios sale un encargo... Ya sabes que antes de soltarte a ti, he "soltao" a otros tres... Pero no voy a soltar a mis sobrinos, los hijos de mi hermana..., ¿estamos? Ya me quedo con ellos solos... Búscate tú por ahí la vida... A ingeniarse

se ha dicho..." ¡A ingeniarse! ¿Y cómo se ingenia el que sólo sabe labrar madera, y no encuentra quien le pida esa clase de obra?

Un mes llevaba José sin trabajar. ¡Qué jornadas tan penosas las que pasaba en recorrer Madrid buscando ocupación! De aquí le despedían con frases de conmiseración y vagas promesas; de allá, con secas y duras palabras, hasta con marcada ironía... "¡Trabajo! Este año para nadie lo hay...", respondían los maestros, coléricos, malhumorados o abatidos. De todas partes brotaba el mismo clamor de escasez y de angustia; doquiera se lloraban los mismos males: guerra, ruina, enfermedades, disturbios, catástrofes, miedo, encogimiento de bolsillos... Y José iba de puerta en puerta, mendigando trabajo como mendigaría limosna, para regresar a la noche, de semblante hosco y ceño fruncido, y contestar a la interrogación siempre igual de su mujer con un movimiento de hombros siempre idéntico, que significaba claramente: "No, todavía no."

La mala racha los cogía sangrados, después de larga enfermedad: una tifoidea de la chica mayor, Felisa, convaleciente aún y necesitada de alimento sustancioso; después de la adquisición de una cómoda y dos colchones de lana, que tomaron el camino de la casa de empeños a escape; después de haber pagado de un golpe el trimestre atrasado de la vivienda y oído de boca del administrador que no se les permitiría atrasarse otra vez, y al primer descuido se los pondría de patitas en la calle con sus trastos... En ocasión tal, un mes de holganza era el hambre enseguida, el ahogo para el resto del venidero año. ¡Y el hambre en una familia numerosa! Nadie se figura el tormento del que tiene la obligación de traer en el pico la pitanza al nido de sus amores, y se ve precisado de volver a él con el pico vacío, las plumas mojadas, las alas caídas... Cada vez que José llamaba y se metía buhardilla adentro, el frío de los desnudos baldosines, la nieve de la apagada cocina, se le apoderaban del espíritu con fuerza mayor; porque el invierno es un terrible aliado del hambre, y con el estómago desmantelado muerde mil veces más riguroso el soplo del cierzo que entra por las rendijas y trae en sus alas la voz rabiosa de los gatos...

Cavilaba José. No, no era posible que él pasase aquel umbral sin llevar a los que le aguardaban dentro, famélicos y transidos, ya que no las dulzuras y regalos propios de la noche de Navidad, por lo menos algo que desanublase sus ojos y reconfortase su espíritu. Permanecía así en uno de esos estados de indecisión horrible que constituyen verdaderas crisis del alma, en las cuales zozobran ideas y sentimientos arraigados por la costumbre, por la tradición. Honrado era José, y a ningún propósito criminal daba acogida, ni aun en aquel instante de prueba; las manos se le caerían antes que extenderlas a la ajena propiedad; pero esta honradez tenía algo de instintivo, y lo que se le turbaba y confundía a José era la conciencia, en pugna entonces con el instinto natural de la hombría de bien, y casi reprobándolo. Él no robaría jamás, eso no...; pero vamos a ver: los que roban en casos análogos al suyo, ¿son tan culpables como parece? A él no le daba la gana de abochornarse, de arrostrar el feo nombre de ladrón; unas horas de cárcel le costarían la vida; moriría del berrinche, de la afrenta; bueno: ésas eran cosas suyas, repulgos de su dignidad, que un carpintero puede tener también: mas los que no padeciesen de tales escrúpulos y cometiesen una barbaridad, no por sostener vicios, por mantener a la mujer y a los pequeños..., ¿quién sabe si tenían razón? ¿Quién sabe si eran mejores maridos, mejores padres? Él no daba a los suyos más que necesidad y lágrimas...

Gimió, se clavó los dedos en el pelo y, estúpido de amargura, miró hacia abajo, hacia la parte iluminada de la escalera. Por allí mucho movimiento, mucho abrir de puertas, mucho subir y bajar de criados y dependientes llevando paquetes, cartitas, bandejas; los últimos preparativos de la cena: el turrón que viene de la turronería; el bizcochón que remite el confitero; el obsequio del amigo, que se asocia al júbilo de la familia con las seis botellas de jerez dulce y las rojas granadas. Una puerta sola, la de la anciana viuda y devota, doña Amparo, que no se había abierto ni una vez; de pronto se oyó estrépito, una turba de chiquillos se colgó de la campanilla; eran los sobrinos de la señora, su único amor, su debilidad, su mimo... Entraron como bandada de pájaros en un panteón; la casa, hasta entonces muda, se llenó de rumores, de carreras, de risas. Un momento después, la criada, viejecita, tan beata como su ama, salía al descanso y gritaba en cascada voz:

-¡Eh, señor José! ¿Está por ahí el señor José? Baje, que le quiero dar un recado...

En los momentos de desesperación, cualquier eco de la vida nos parece un auxilio, un consuelo. El que cierra las ventanas para encender un hornillo de carbón y asfixiarse, oye con enternecimiento los ruidos de la calle, los ecos de una murga, el ladrido del perro vagabundo... José se estremeció, se levantó y, ronco de emoción, contestó bajando a saltos:

-¡Allá voy, allá voy, señora Baltasara!...

-Entre... -murmuró la vieja-. Si está desocupado, nos va a armar el Nacimiento, porque han "venío" los chicos, y mi ama, como está con ellos que se le cae la baba pura...

-Voy por la herramienta -contestó el carpintero, pálido de alegría.

-No hace falta... Martillo y tenazas hay aquí, y clavos quedaron del año "pasao"; como yo lo guardo todo, bien apañaditos los guardé...

José entró en el piso invadido por los chiquillos y en el aposento donde yacían desparramadas las figuras del Belén y las tablas del armadijo en que habían de descansar. Entre la algazara empezó el carpintero a disponer su labor. ¡Con qué gozo esgrimía el martillo, escogía la punta, la hincaba en la madera, la remachaba! ¡Qué renovación de su ser, qué bríos y qué fuerzas morales le entraban al empuñar, después de tanto tiempo, los útiles del trabajo! Pedazo a pedazo y tabla tras tabla iba sentando y ajustando las piezas de la plataforma en que el Belén debía lucir sus torrecillas de cartón pintado, sus praderas de musgo, sus figuras de barro toscas e ingenuas. Los niños seguían con interés la obra del carpintero; no perdían martillazo; preguntaban; daban parecer y coreaban con palmadas y chillidos cada adelanto del armatoste. La señora, entre tanto, colgaba en la pared algunas agrupaciones de bronce y vidrio para colocar en ellas bujías. Los criados iban y venían, atareados y contentos. Fuera nevaba; pero nadie se acordaba de eso; la nieve, que aumenta los padecimientos de la miseria, también aumenta la grata sensación del bienestar íntimo del hogar abrigado y dulce. Y José asentaba, clavaba la madera, hasta terminar su obra rápidamente, en una especie de transporte, reacción del abatimiento que momentos antes le ponía al borde de la desesperación total...

Cuando el tablado estuvo enteramente listo y José hubo dado alrededor de él esa última vuelta del artífice que repasa la labor, doña Amparo, muy acabadita y asmática, le hizo seña de que la siguiese, y le llevó a su gabinete, donde le dejó solo un momento. Los ojos de José se fijaron involuntariamente en los muebles y decorado de aquella habitación ni lujosa ni mezquina, y, sobre todo, le atrajo desde el primer momento una imagen que campeaba sobre la consola, alumbrada por una lamparilla de fino cristal. Era un San José de talla, escultura moderna, sin mérito, aunque no desprovista de cierto sentimiento; y el santo, en vez de hallarse representado con el Niño en brazos o de la mano, según suele, estaba al pie de un banco de carpintero, manejando la azuela y enseñando al Jesusín, atento y sonriente, la ley del trabajo, la suprema ley del mundo. José se quedó absorto. Creía que la imagen le hablaba; creía que pronunciaba frases de consuelo y de cariño infinito, frases no oídas jamás. Cuando la señora volvió y le deslizó dos duros en la mano, el carpintero, en vez de dar las gracias, miró primero a su bienhechora y después a la imagen; y a la elocuencia muda de sus ojos respondió la de los ojos de la viejecita, que leyó como un libro en el alma de aquel desventurado, deshecho física y moralmente por un mes de ansiedad y amargura sin nombre. Y doña Amparo, muy acostumbrada a socorrer pobres, sintió como un golpe en el corazón; la necesidad que iba a buscar fuera de casa, visitando zaquizamíes, la tenía allí, a dos pasos, callada y vergonzante, pero urgente y completa. Alzó los ojos de nuevo hacia la efigie del laborioso patriarca y, bondadosamente, tosiqueando, dijo al carpintero:

-Ahora subirán de aquí cena a su casa de usted, para que celebren la Navidad.

La tarde del 24 de diciembre le sorprendió en despoblado, a caballo y con anuncios de tormenta. Era la hora en que, en invierno, de repente se apaga la claridad del día, como si fuese de lámpara y alguien diese vuelta a la llave sin transición; las tinieblas descendieron borrando los términos del paisaje, acaso apacible a mediodía, pero en aquel momento tétrico y desolado.

Hallábase en la hoz de uno de esos ríos que corren profundos, encajonados entre dos escarpes; a la derecha, el camino; a la izquierda, una montaña pedregosa, casi vertical, escueta y plomiza de tono. Allá abajo no se divisaba más que una cinta negruzca, donde moría, culebreando, áspid de carmín, un reflejo roto del poniente; arriba, densas masas erguidas, formas extrañas, fantasmagóricas; todo solemne y aun pudiera decirse que amenazador. No pecaba Mauricio de cobarde y, sin embargo, le impresionó el aspecto de la montaña; sintió deseos de llegar cuanto antes al pazo, del cual le separaban aún tres largas leguas, y animó con la voz y la espuela a su montura, que empinaba las orejas recelosa.

Arreció el viento y le obligó a atar el sombrero con un pañuelo bajo la barba; el trueno, lejano aún, retumbó misteriosamente; ráfagas de lluvia azotaron la cara del jinete, que ahogó un juramento. ¡Aquello era mala sombra! ¡Justamente empezaba a llover a la mitad del camino! Al punto mismo, el caballo se encabritó y pegó un bote de costado: entre la maleza había salido un bulto. Echaba ya Mauricio mano al revólver que llevaba en el bolsillo interior de la zamarra, cuando oyó estas palabras:

-¡Una limosnita! ¡Por amor de Dios, que va a nacer...; una limosnita señor!

Mauricio, tranquilizándose, miró enojado al que en tal sitio y ocasión cometía la importunidad de pedir limosna.

Era un hombrachón alto, descalzo de pie y pierna, que llevaba al hombro unas alforjas y se apoyaba en recio garrote. La oscuridad no permitía distinguir cómo tenía el rostro; la ancianidad se adivinaba en lo cascado de la voz y en el vago reflejo plateado de las greñas blancas.

-Apártese -murmuró impaciente el señorito-. ¿No ve que el caballo se asusta? Si me descuido, al río de cabeza... ¡Vaya unas horas de pedir y un sitio a propósito para saltar delante de la montura! ¡Brutos!

El pordiosero se había quedado como hecho de piedra.

-¿Dónde está el río? -gritó con hondo terror-. ¿No es aquí el camino de la iglesia de Cimáis? Señor: no me desampare... ¡Soy un ciego! ¡Nuestra Señora le conserve la vista! ¡Pobre del que no ve!

Mauricio comprendió. El viejo sin ojos se había perdido; ignoraba dónde se encontraba, y para no despeñarse necesitaba un guía. Sí; convenido; necesitaba un guía... ¿Y quién iba a ser? ¿Él, Mauricio Acuña, que desde Orense regresaba a su casa en tarde de Navidad, a cenar, a pasar alegremente la velada, jugando al julepe o al "golfo" con sus hermanos y primos, fumando y riendo? Si sujetaba el paso de su caballo al lento andar de un ciego; si torcía su rumbo cara a la iglesia de Cimáis, distante buen rato, ¿a qué santas horas iba a hacer su entrada en la sala del pazo de Portomellor? Un instante titubeó: pensaba que no podía menos de sacrificar algunos minutos a colocar al ciego en la dirección de Cimáis y dejarle, ya orientado, arreglarse como Dios le diese a entender. Sólo que era internarse en la "carballeda", exponerse a tropezar en los cepos y en los pedruscos, y, sobre todo, era condescender a los ruegos del mendigo, que no soltaría a dos por tres a su lazarillo improvisado, y si le complaciese en lo primero exigiría lo segundo... ¡Estos pobres son tan lagoteros y tan pegajosos! "Más vale escurrirse", decidió; y sacando del bolsillo un duro, lo dejó en la mano temblona que el viejo extendía, más para implorar que para mendigar; picó al caballo y escapó como un criminal que huye de la Justicia.

Sí; como un criminal. Así definió su conducta él mismo, luego, en el punto de refrenar a Maceo, su negro andaluz cruzado, y darse cuenta de que había caído enteramente la noche.

Velada por sombríos nubarrones, la luna se entreparecía lívida, semejante a la faz de un cadáver amortajado con hábito monacal. La carretera se desarrollaba suspendida sobre el río que, a pavorosa profundidad, dormitaba mudo y siniestro. El viento combatía, haciéndolos crujir, los troncos robustos de los árboles; un relámpago alumbró la superficie del agua; un trueno resonó ya bastante cercano; y Mauricio se estremeció. Le pareció escuchar ruidos extraños además de los de la tormenta. ¿Se habrá caído el viejo al agua? Detrás, sobre la peñascosa senda, creía escuchar el paso de un hombre que tentaba el suelo con un palo, como hacen los ciegos. Absurdo evidente, pues con la galopada que Maceo había pegado ya quedaría el mendigo atrás un cuarto de legua. Lo cierto es que Mauricio juraría que le seguía "alguien"; alguien que respiraba trabajosamente, que tropezaba, que gemía, que imploraba compasión. Invencible desasosiego le impulsó a apurar nuevamente a su montura para alcanzar pronto el cruce en que la carretera se desvía del río, cuya vista le sugería el temor de una desgracia. ¿Se habrá caído?... Lo que a Mauricio le acongojaba era la idea de haber abandonado a un ciego en tal noche. "Pero ¿cómo fue capaz...? ¡Si parece mentira! Me lo contarían después y no lo creería... Hoy no debía dejar solo a un infeliz", cavilaba, hincando la espuela en los ijares de Maceo. "Y lo más sucio, lo más vil de mi acción fue darle dinero. ¡Dinero! Si a estas horas flota en el Sil su cuerpo..., el dinero ¿de qué le sirve? Creemos que el dinero lo arregla todo... ¡Miserable yo! Estoy por volverme. ¿No viene nadie detrás?..."

Maceo volaba; un sudor de angustia humedecía las sienes del jinete. El zumbido de sus oídos y el remolino del viento, profundo como una tromba, no le impedían oír, cada vez más próximas, las pisadas del que le seguía, ya sin género de duda, y percibir la misma respiración entrecortada, el mismo doliente gemido; y el caso es que no se atrevía a volverse, porque, si se volviese, quizá vería la figura del ciego mendigo, alto, descalzo de pie y pierna, con el zurrón al hombro, el cayado en la mano y reluciente en la oscuridad la plata de sus blancas greñas...

"¿Estaré loco? -pensó-. ¡Ea!, ánimo... Debo volverme..." Y no se volvía; su garganta apretada, su corazón palpitante, le hacían traición; sufría un miedo espantoso, sobrenatural. Apretó las espuelas, y el caballo, excitado, aceleró el tendido galope, sacando chispas de los guijarros del camino. La tempestad estaba ya encima: el relámpago brilló; un trueno formidable rimbombó sobre la misma cabeza del señorito, aturdiéndole. Alborotóse Maceo; giró bruscamente sobre sus patas traseras y se arrojó hacia el talud que dominaba el Sil. Vio Mauricio el tremendo peligro cuando otro relámpago le mostró el abismo y la superficie del agua; cerró los ojos, aceptando el juicio de la Providencia..., y el caballo, en su vértigo mortal, arrastró al jinete al fondo del despeñadero, tronchando en su caída los pinos y empujando las piedras del escarpe, cuyo ruido fragoroso, al rodar peñas abajo, remedaba aún los desatentados pasos del ciego que tropezaba y gemía.

En su viaje, guiados día y noche por el rastro de luz de la estrella, los Magos, a fin de descansar, quisieron detenerse al pie de las murallas de Samaria, que se alzaba sobre una colina, entre bosquetes de olivo y setos de cactos espinosos. Pero un instinto indefinible les movió a cambiar de propósito: la ciudad de Samaria era el punto más peligroso en que podían hacer alto. Acababa de reedificarla Herodes sobre las ruinas que habían hacinado los soldados de Alejandro el macedón siglos antes, y la poblaban colonos romanos que hacía poco trocaron la espada corta por el arado y el bieldo; gente toda a devoción del sanguinario tetrarca y dispuesta a sospechar del extranjero, del caminante, cuando no a despojarle de sus alhajas y viáticos.

Siguieron, pues, la ruta, atravesando los campos sembrados de trigo, evitando la doble hilera de erguidas columnas que señalaban la entrada triunfal de la ciudad, y buscando la sombra de los olivos y las higueras, el oasis de algún manantial argentino. Abrasaba el sol y en las inmediaciones de la villita de Betulia la desnudez del paisaje, la blancura de las rocas, quemaban los ojos.

"Ahí no encontraremos sino pozos y cisternas, y yo quisiera beber agua que brotase a mi vista" - murmuró, revolviendo contra el paladar la seca lengua, el anciano Rey Baltasar, que tenía sedientas las pupilas, más aún que las fauces, y se acordaba de los anchos ríos de su amado país del Irán, de la sabana inmensa del Indo, del fresco y misterioso lago de Bactegán, en cuyas sombrosas márgenes triscan las gacelas.

La llanura, uniforme y monótona, se prolongaba hasta perderse de vista; campos de heno, planicies revestidas de espinos y de malas hierbas, es todo lo que ofrecía la perspectiva del horizonte. En el cielo, de un azul de ultramar, las nubes ensangrentadas del poniente devoraban el resplandor de la estrella, haciéndola invisible. Entonces Melchor, el Rey negro, desciende de su montura, y cruzando sobre el pecho los brazos, arrodillándose sin reparo de manchar de polvo su rica túnica de brocado de plata franjeada de esmeraldas y plumas de pavo real, coge un puñado de arena y lo lleva a los labios, implorando así:

-Poder celeste, no des otra bebida a mi boca, pero no me escondas tu luz. ¡Que la estrella brille de nuevo!

Como una lámpara cuando recibe provisión de aceite, la estrella relumbró y chispeó. Al mismo tiempo, los otros dos Magos exhalaron un grito de alegría: era que se avistaban las blancas mansiones y los grupos de palmeras seculares de En-Ganim. En Palestina ver palmeras es ver la fuente.

Gozosa se dirigió la comitiva al oasis, y al descubrir el agua, al escuchar su refrigerante murmullo, todos descendieron de los camellos y dromedarios y se postraron dando gracias, mientras los animales tendían el cuello y el hocico, venteando los húmedos efluvios de la corriente. Así que bebieron, que colmaron los odres, que se lavaron los pies y el rostro, acamparon y durmieron apaciblemente allí, bajo las palmeras, a la claridad de la estrella, que refulgía apacible en lo alto del cielo.

Al alba dispusiéronse a emprender otra vez la jornada en busca del Niño. La mañana era despejada y radiante. Los rebaños de En-Ganim salían al pastoreo, y las innumerables ovejas blancas, moviéndose en la llanura, parecían ejércitos fantásticos. La proximidad de la comarca donde se asienta Jerusalén se conocía en la mayor feracidad del terreno, en la verdura del tupido musgo, en la copia de hierba y florecillas silvestres, que no había conseguido marchitar el invierno.

Baltasar y Gaspar reflexionaban, al ritmo violento del largo zancajear de sus monturas. Pensaban en aquel Niño, Rey de reyes, a quien un decreto de los astros les mandaba reverenciar y adorar y colmar de presentes y de homenajes. En aquel Niño, sin duda alguna, iba a reflorecer el poderío incontrastable de los monarcas de Judá y de Israel, leones en el combate, gobernantes felicísimos en la paz; y la vasta monarquía, con sus recuerdos de gloria, llenaba la mente de los dos Magos. ¡Qué sabiduría, qué infusa ciencia la de Salomón, aquel que había subyugado a todos sus vecinos desde los faraones egipcios hasta los comerciantes emporios de Tiro y Sidón; el que construyó el templo gigante, con sus mares de bronce, sus candelabros de oro, su terrible y velado tabernáculo, sus bosques de columnas de mármol, jaspe y serpentina, sus incrustaciones de corales, sus chapeados de marfil! ¡Qué magnificencia la del que deslumbró con su recibimiento a la reina de Saba, a Balkis la de los aromas, la que traía consigo los tesoros de Oriente y las rarezas venidas de las tres partes del mundo, recogidas sólo para ella y que ella arrojaba, envueltas en paños de púrpura al pie del trono del rey! Cerrando los ojos, Baltasar y Gaspar veían la escena, contemplaban la sarta de perlas desgranándose, los colmillos de elefante ostentando sus complicadas esculturas, los pebeteros humeando y soltando nubes perfumadas, los monillos jugando, los faisanes y pavos reales haciendo la rueda, los citaristas y arpistas tañendo, y Balkis, envuelta en su larga túnica bordada de turquesas y topacios, protegida del sol por los inmersos abanicos de pluma, adelantándose con los brazos abiertos para recibir en ellos a Salomón... No podían dudarlo. El Niño a quien iban a adorar sería con el tiempo otro Salomón, más grande, más fuerte, más opulento, más docto que el antiguo. Sometería a todas las naciones; ceñiría la corona del universo, y bajo su solio, salpicado de diamantes, se postraría la opresora ciudad del Lacio. Sí, la ávida loba romana lamería, domada, los pies de aquel Niño prodigioso...

Mientras rumiaban tales ideas, la estrella desaparecía, extinguiéndose. Encontráronse perdidos, sin guía, en la dilatada llanura. Miraron en torno, y con sorpresa advirtieron que se había separado de ellos Melchor. Una niebla densa y sombría, alzándose de los pantanos y esteros, les había engañado y extraviado, de fijo. Turbados y tristes, probaron a orientarse; pero la costumbre de seguir a la estrella y el desconocimiento completo de aquel país que cruzaban eran insuperables obstáculos para que lograsen su intento. Ocurrióseles buscar una guía, y clamaron en el desierto, porque a nadie veían ni se vislumbraba rastro de habitación humana. Por fin, aparecióse un pastor muy joven, vestido de lana azul, sujeto a la frente el ropaje con un rollo de lino blanco. Y al escuchar que los viajeros iban en busca del Niño Rey, el rústico sonrió alegremente y se ofreció a conducirlos:

-Yo le adoré la noche en que nació -dijo transportado.

-Pues llévanos a su palacio y te recompensaremos.

-¡A su palacio! El Niño está en una cuevecilla donde solemos recoger el ganado cuando hace mal tiempo.

-Qué, ¿no tiene palacio? ¿No tiene guardias?

-Una mula y un buey le calientan con su aliento... -respondió el pastor-. Su Madre y su Padre, el Carpintero Josef de Nazaret, le cuidan y le velan amorosos...

Gaspar y Baltasar trocaron una mirada que descubría confusión, asombro y recelo. El pastor debía de equivocarse; no era posible que tan gran Rey hubiese nacido así, en la miseria, en el abandono.

¿Qué harían? ¿Si pidiesen consejo a Melchor? Pero Melchor, envuelto en la niebla, caminaba con paso firme; la estrella no se había oscurecido para él. Hallábase ya a gran distancia, cuando por fin oyó las voces, los gritos de sus compañeros:

-¡Eh, eh, Melchor! ¡Aguárdanos!

El Mago de negra piel se detuvo y clamó a su vez:

-Estoy aquí, estoy aquí...

Al juntarse por último la caravana, Melchor divisó al pastorcillo y supo las noticias que daba del Niño Rey.

-Este pobre zagal nos engaña o se engaña -exclamó Gaspar enojado-. Dice que nos guiará a un establo ruinoso, y que allí veremos al Hijo de un carpintero de Nazaret. ¿Qué piensas, Melchor? El sapientísimo Baltasar teme que aquí corramos grave peligro, pues no conocemos el terreno, y si nos aventuramos a preguntar infundiremos sospechas, seremos presos y acaso nos recluya Herodes en sus calabozos subterráneos. La estrella ya no brilla y nuestro corazón desmaya.

Melchor guardó silencio. Para él no se había ocultado la estrella ni un segundo. Al contrario, su luz se hacía más fulgente a medida que adelantaban, que se aproximaban al establo. Y en su imaginación, Melchor lo veía: una cueva abierta en la caliza, un pesebre mullido con paja y heno, una mujer joven y celestialmente bella agasajando a un Niño tiernecito, que tiembla de frío; un Niño humilde, rosado, blanco, que bendice, que no llora. Lo singular es que la cueva, en vez de estar oscura, se halla inundada de luz, y que una música inefable apenas perceptible, idealmente delicada y melodiosa resuena en sus ámbitos. La cueva parece que es toda ella claridad y armonía. Melchor oye extasiado; se baña, se sumerge en la deliciosa música y en los resplandores de oro que llenan la caverna y cercan al Niño.

-¿No oyes, Melchor? Te preguntamos si debemos continuar el viaje... o volvernos a nuestra patria, por no ser encarcelados y oprimidos aquí.

-Y vosotros, ¿no oís la música? -repite Melchor, por cuyas mejillas de ébano resbalan gotas de dulce llanto.

-Nada oímos, nada vemos... -responden los dos Magos, afligidos.

-Orad, y veréis... Orad, y oiréis... Orad, y Dios se revelará a vosotros.

Magos y séquito echan pie a tierra, extienden los tapices, y de pie sobre ellos, vuelta la cara al Oriente, elevan su plegaria. Y la estrella, poco a poco, como una mirada de moribundo que se reanima al aproximarse al lecho un ser querido, va encendiéndose, destellando, hasta iluminar completamente el sendero, que se alarga y penetra en la montaña, en dirección de Belén.

La niebla se disipa; el paisaje es risueño, pastoril, fresco, florido, a pesar de la estación; claros arroyillos surcan la tierra, y resuena, como en mayo, el gorjeo de las aves, que acompaña el tilinteo de la esquila y el cántico de los pastores, recostados bajo los terebintos y los cedros, siempre verdes. Los Magos, terminada su plegaria, emprenden el camino llenos de esperanza y de seguridad. Una cohorte de soldados a caballo se cruza con la caravana: es un destacamento romano, arrogante y belicoso; el sol saca chispas de sus corazas y yelmos; ondean las crines, flotan las banderolas, los cascos de los caballos hieren el suelo con provocativa furia. Los Magos se detienen, temerosos. Pero el destacamento pasa a su lado y no da muestras de notar su presencia. Ni pestañean, ni vuelven la cabeza, ni advierten nada.

-Van ciegos -exclama Melchor.

Y los Magos aprietan el paso, mientras se aleja la cohorte.

Es de noche. Temperatura, veinte bajo cero. Fuera no se escucha el menor ruido. La nevada, cayendo en finos copos delicadísimos que mullen la atmósfera, contribuye a sostener el silencio absoluto, ahogado, que pesa sobre los jardines blancos con blancura fantástica. La nieve ha perfilado primorosamente la traza de las calles de árboles, de los macizos, de los boquetes, de los estanques cuajados por el hielo, y cuya superficie lisa rayaron los patines en la última sesión de patinaje que tanto divirtió a la Corte, porque el príncipe de Circasia se dio unas costaladas regulares.

Las estatuas parecen temblar y lucen aderezos de carámbanos. Las coníferas son témpanos bordados y esculpidos. En el alcázar, las cornisas, las balconadas, las torrecillas, la monumental ornamentación de la fachada, el reloj sostenido por Genios que representan los destinos de la casa imperial, venciendo al Tiempo, van desapareciendo bajo la suave acolchadura blanca.

Los centinelas, en su garita, tiritando, sintiendo que el aliento se les cristaliza primero y se les liquida después dentro del alto cuello de sus capotes militares, hieren el suelo con el pie, se acuerdan del cuerpo de guardia donde arde la estufa y se puede echar un trago de lo fermentado, y de tiempo en tiempo lanzan, al través de la nieve, su "¡Alerta!" gutural.

El decorativo reloj da las doce, pausadamente, como si la hora contada por él fuese más solemne que las otras. Al reloj de fuera contestan los de dentro desde las consolas; tienen vocecillas aflautadas y bien moduladas de palaciegos.

El emperador se estremece y se incorpora en el gran lecho incrustado de marfil, bajo las pieles rarísimas que lo mullen. Se le figura que una mano acaba de posarse en su hombro. Y en efecto: a la luz de la lámpara de alabastro velada de encaje, ve una figura venerable, un viejo aureolado por larguísima barba y melenas, donde la nieve se diría que enredó sus vellones. La vestidura del viejo deslumbra; túnica de brocado de oro, manto de terciopelo violeta orlado de armiño. Una especie de mitra, en que las perlas se apiñan sobre la filigrana, rodea sus sienes y comprime y hace bufar su gran cabellera nevada, que se extiende caudalosa por los hombros. En la mano lleva cincelado cofrecillo abierto, lleno de polvo aurífero impalpable:

-¿Qué me quieres y quién eres? -pregunta el emperador al anciano.

-Como de casa. Baltasar, Rey de los países de Oriente -contesta el patriarca en voz temblona.

-¡Bienvenido, primo y señor! ¿Por qué viaja vuestra majestad en tan cruda noche? Conviene a las testas coronadas no ponerse nunca en el caso de sufrir las molestias que padecen los demás mortales. Dígnese vuestra majestad descansar bajo mi hospitalario techo.

-No acepto sino breves instantes, aunque vengo rendido de atravesar los dominios de vuestra majestad, a los cuales no se les ve el fin; deben de cubrir buena parte de la superficie del planeta.

-¡Ah! -articula el emperador, satisfecho-. ¿Los ha recorrido vuestra majestad? ¿Se ha enterado de su extensión y riquezas? Todos los climas, todas las producciones, todas las razas reconocen mi soberanía. Cuando paso revista a mi ejército, en él veo soldados blancos y rubios, de ojos azules; soldados de morena tez; soldados de cutis amarillo y nariz achatada; ropajes orientales y envolturas que preservan el rigor de las estaciones en los países hiperbóreos. Mi Imperio produce el trigo y el zafiro, los minerales, las pieles y las maderas odoríferas; es un gigante cuya cabeza, como la de vuestra majestad, se baña en las nieves árticas, y cuyas manos se tienden hacia el Mediodía para abarcarlo. Y en este Imperio yo soy Dios. A mi voz las frentes se inclinan, las muchedumbres se prosternan, la plegaria por mí hace retemblar los iconostasios. Mientras el soplo del huracán juega con los monarcas occidentales, nuestros necios primos, yo, como un numen, me oculto en santuario inaccesible.

-Conozco el poderío de vuestra majestad. Por eso sospecho si la tarea que me ha sido encomendada resultará estéril; pero, obedeciendo, la cumplo.

-¿Qué tarea es ésa, primo y señor?

-La que me ordenó realizar el Niño. Vuelvo de Palestina; regreso a mi patria, después del interminable viaje anual... ¡Es una maravilla lo lindo que está el Niño y lo dulce y honesta que es la Madre! Nada perdió su inmortal hermosura en los mil novecientos dos años transcurridos desde que por vez primera les adoré. Como siempre, les he llevado mi ofrenda: polvo de oro del Ofir. Y el Niño, después de extender sus manitas, que besé, y bendecir el oro, me ha dicho que lo espolvoree por el suelo allí donde vea que el hombre atenta a la libertad del hombre.

-¿Conque esas mañas saca el Niño? -tartamudeó el emperador-. ¡Por cierto que le educan bien mal su Madre y el Carpintero, gente baja al fin, aunque descienda de la casta de nuestros augustos primos los reyes de Judá! Vuestra majestad, con la experiencia que le dan los años, habrá comprendido que no debe cumplírsele al Niño ese antojo.

-No es posible desobedecerle, primo y señor -declaró gravemente el Mago-. He espolvoreado la enorme porción de tierra donde reina vuestra majestad, aunque confieso que dudo de ver germinar cosa alguna sobre la dura capa de hielo que la reviste. Sin esperanzas voy derramando polvillo de oro; y la verdad: hace un instante, en los jardines de este palacio, al caer el dorado polvillo, creí que el suelo se estremecía y se agrietaba la capa de nieve. Tembló la tierra; me pareció que un ruido cavernoso resonaba allá dentro. ¿Está segura vuestra majestad de que no se halla minado su palacio?

-Vuestra majestad es quien lo mina, y será preciso impedirlo -contesta enérgicamente el emperador, hiriendo un timbre.

Aparece la guardia. El viejo toma una pulgarada de polvillo, lo arroja a los soldados y pasa por entre ellos libre y majestuoso.

Otro efecto de nieve sobre los jardines y palacio real, pero nieve ya cuajada y que empieza a derretirse formando un barro sucio y negruzco. En el alcázar se ven todavía luces: ha habido en el comedor de diario espléndida cena de familia, alegres y cariñosos brindis, y el emperador, rendido de recibir toda la tarde felicitaciones, después de bendecir a sus hijos, que uno por uno le han besado la mano respetuosamente, y de abrazar con afecto a la fecunda emperatriz, se tiende en su estrecha y dura cama de campaña, única donde concilia el sueño, a causa de la costumbre.

Apenas empieza a aletargarse, le llaman con un ¡"Pssit"! muy bajo, y a la claridad de la lamparilla divisa a un hombre en la fuerza de la edad, envuelta en ropón de púrpura, bajo el cual se parece una armadura de admirable trabajo. Rodea sus sienes una corona de picos: en su diestra alza rico pomo de mirra de fuerte aroma, acre y embriagador.

-¿Qué desea vuestra majestad, señor Rey Gaspar? -pregunta el emperador, que, conociendo al viajero, salta de la cama y saluda militarmente.

-Felicitar las Pascuas a vuestra majestad y confiarle un secreto. Es el caso que el Niño, ¿no sabe vuestra majestad?, ¡el Niño a quien todos los años voy a visitar en su establo, para beber en sus ojos de violeta la sabiduría!, después de jugar con esta mirra que le ofrecí y de arrojar sobre ella su aliento celestial, me manda que gota a gota la esparza por el suelo del país donde el hombre tenga sed de la sangre del hombre. Y al caer gotitas de esta mirra, primo y señor, observo que la tierra, encharcada y pegajosa, se esponja, se entreabre, y nacen, surgen y crecen olivos, rosas, mirtos, centeno, lúpulo, viñas cargadas de racimos. ¡Ah! Es un gran portento la tal mirra. Y a mí, señor y primo, la armadura me asfixia, el corazón no me cabe en ella. Permítame vuestra majestad que salpique de mirra su cabeza augusta.

-¡Qué diantre! ¡Cosas de chiquillos! -gruñe el emperador-. Cuando el Niño crezca y se aparte de las faldas y del regazo materno, diferentes serán sus caprichos. No hay nada más santo que la guerra. Dios mismo guía a los ejércitos e infunde a los caudillos arrojo y tino para asegurar la victoria. Sobre el campo de batalla se cierne el Arcángel con sus alas salpicadas de rubíes y su gladio flamígero. El soplo divino hincha mi pecho apenas lo cubre la coraza rutilante. Esto no se les alcanza a los niños ni a las mujeres; convenido. Nosotros, pastores de pueblos, jefes de razas, sonreímos ante ciertos arranques de debilidad graciosa.

-Debo hacer lo que me mandan -insiste Gaspar.

Y, tomando unas gotas de mirra, las dispara a la frente del emperador. Éste exhala un suspiro; se deja caer en el lecho de campana, y ve en sueños una pirámide de huesos humanos, blanca y pulida, altísima. Sobre la cúspide, un cuervo grazna plañideramente, hambriento, erizado el plumaje; y al pie, en las ramas de un olivo nuevo, dos palomas se besan, juntando los picos.

En el patio del alcázar, sobre el gran pilón del pórfido sostenido por leones, recae el agua, melodiosa, con dulce porfía. La luna ilumina las arcadas afiligranadas, juega en las charoladas hojas de los naranjos, descubre el reflejo pálido de sus pomas de oro. Dos esclavos velan el sueño del emir, que reposa vestido sobre un diván cubierto con una manta de fina pluma de avestruz - porque la noche está algo fría y la helada ha endurecido los caminos del desierto- y apoyando el pie en la garganta de una mujer desnuda, que hace de cojín y presta calor más grato, que el de la manta.

Elegante figura se desliza por entre los esclavos, invisible. Es un negro joven, esbelto, de robusta y acerada musculatura, de piernas nerviosas, encerradas en calzas prietas y salpicadas de lentejuelas, como las que ostentan los donceles en los cuadros de Carpaccio: una sobrevesta de tisú de plata acusa sus formas; un cinturón de pedrería sostiene sobre su vientre enjuto soberbio puñal; encima de sus cabellos crespos se ladea un gorro de velludo carmesí, y bajo el ala luce diademas de brillantes. El gallardo negro se inclina hacia el emir y le baña el rostro con una bocanada de incienso, que humea en un incensario calado, pendiente de cadenillas de perlas. Sobresaltado, el emir despierta, echando mano a la gumía.

No temas, soy Melchor, que, como tú, ejerce el mando en tribus del desierto y posee palacios misteriosos que parecen labrados por los genios del aire. Vengo a cumplir órdenes del Niño Yesuá, hijo de Leila Mariem.

-¿Y qué te ordena ese Profeta infiel? -exclama el emir con desprecio.

-Columpiar este incensario en todos los países donde el hombre trate a la mujer como esclava y no como compañera.

Ríese el emir mostrando sus blancos dientes de chacal entre la negra y sedosa barba.

-Pues vuélvete a tierra de rumíes, Melchor. También allí necesitan el perfume de tu incensario. Pero antes reposa. Eres mi huésped; voy a ordenar que te preparen un baño con agua de rosas dos bellas cautivas.

Y el emir se incorpora, dando con el pie a la mujer en cuya garganta lo tenía apoyado.

(Los Reyes Magos regresan a su patria por distinto camino del que vinieron, a fin de burlar al sanguinario Herodes. Es de noche: la estrella no los guía ya; pero la luna, brillando con intensa y argentada luz, alumbra espléndidamente la planicie del desierto. La sombra de los dromedarios se agiganta sobre el suelo blanco y liso, y a lo lejos resuena el cavernoso rugir de un león.)

BALTASAR. (Acariciándose la nevada y luenga barba y moviendo la anciana cabeza a estilo del que vaticina.) -No sé lo que me sucede desde que me puse de rodillas en el establo de Belén y saludé al hijo de la Doncella, que me agita un espíritu profético, y siento descorrerse el velo que cubre los tiempos futuros. Este tributo de oro que ofrecía al Niño para reconocerle Rey, ¡cuántas y cuántas generaciones se lo han de rendir! Tributos percibirá, no como nosotros, días, meses y años, sino siglos, decenas de siglos, generación tras generación, y los percibirá de todo el Universo, de toda raza y lengua, de nuevas tierras que se descubrirán para aclamar su nombre. El oro que le he presentado era poco: apenas llenaba el cofre de cedro en que lo traje; y ahora se me figura que se ha convertido en un mar de oro, y veo que al Niño se le erigen templos de oro, altares de oro labrado y cincelado, tronos de oro, en torno de los cuales oscilan blancos flabelos de plumas con mangos de oro, y que ciñe su cabeza una triple corona de oro macizo, también, incrustada de diamantes y gemas preciosas. Olas de oro, fluyendo de los veneros de la tierra corren a los pies del Niño; y lo más extraño es que el Niño los contempla con entristecida cara, y al fin esconde el rostro en el seno de su Madre. ¿Habré obrado mal, ¡oh sabios!, en presentarle oro? ¿No le agradará a la criatura celeste el símbolo de la autoridad real? Temo que mis dones no hayan sido aceptos y mi obsequio pareciese sacrílego.

GASPAR. (Enderezándose sobre su montura, requiriendo la espada, frunciendo las cejas y echando chispas por los ojos.) -Patriarca de los Magos, bien te lo pronostiqué. El nacido Rey de los judíos no es el vil mercader que quiere atesorar riquezas sin cuento en los subterráneos de su morada. La codicia rebaja el alma y la hace pegajosa y grosera como la arcilla que, despreciándola, pisamos. Mi don es el único que pudo complacer al Primogénito de la Virgen. Tú le trajiste oro, por monarca; yo, mirra, por hombre. Hombre ha querido nacer, y el llamarse hombre será su mejor título. La mirra amarga como el vivir, y como el vivir, sana y fortificante; he ahí lo que conviene a quien ha de realizar obra viril, obra de vigor y salud. ¿Creéis que se puede ser grande, noble y fuerte sin gustar el cáliz amargo? Aquí me tenéis a mí, ¡oh sabios!: he combatido, he sufrido, he vencido monstruos, he lidiado con tentaciones horribles, me he visto mil veces en mano de mis enemigos, y el soplo del martirio ha rozado mi sien. Pues sólo un día he llorado, y una gota de mi llanto, cayendo en el ánfora de la mirra, le prestó su tónica y sabrosa amargura y quizá su balsámico perfume. Yo también veo al Niño, Baltasar; pero le veo combatiendo, arrollando, venciendo, aplastando dragones, sometiendo a su yugo a la Humanidad, sufriendo y regando con sangre una palma. Bien hice en traerle mirra.

MELCHOR. (Tímidamente, con humildad profunda.) -Yo no sé si habré acertado y, sin embargo, por la alegría que me inunda presumo que el Niño no rechaza mi don. Tú, venerable y doctísimo Baltasar, le obsequiaste con oro considerándole Rey. Tú, indomable y valeroso Gaspar, le trajiste mirra, teniéndole por hombre. Yo, el último de vosotros, el más ignorante, el etíope de negra tez, le ofrecí unos granos de incienso, pues mi corazón le presentía Dios.

BALTASAR y GASPAR.(Atónitos.) -¡Dios!

MELCHOR. (Con fe y persuasión ardiente.) -Sí, Dios. Ahora mismo, en medio de esta serena noche, sobre el limpio azul del cielo, he visto resplandecer su divinidad. Ahí están las naciones postradas a sus pies y redimidas por Él, y por Él igualados todos los hombres. Mi progenie, la oscura raza de Cam, ya no se diferencia de los blancos hijos de Jafet. Las antiguas maldiciones las ha borrado el sacro dedo del Niño. No le reconocéis así al pronto, porque es un Dios diferente de los dioses que van a morir: no condena, ni odia, ni extermina; ama, reconcilia, perdona y sólo con acercarme a Él noto en mi corazón una frescura inexplicable y en mi espíritu una paz que glorifica. Así que llegue a mi reino abriré las prisiones, licenciaré los ejércitos, condenaré los tributos, daré libertad a mis concubinas y me pondré desarmado en medio de la plaza pública a confesar mis yerros y a que mis enemigos, si lo desean, tomen venganza de mí.

BALTASAR. -Me dejas confuso, Melchor. Tu creencia se asemeja a la locura.

GASPAR. -No te entiendo bien, Melchor. Tu creencia me parece afeminada, impropia de un rey.

MELCHOR. -No sé defenderla con razones. Hago lo que siento.

BALTASAR. -Mi dádiva era preciosa.

GASPAR. -La mía era digna y noble.

MELCHOR. -La mía expresa mi pequeñez, y sólo significa adoración.

BALTASAR. -Reuniendo las tres en una, quizá obtendríamos algo que hiciese sonreír al prodigioso Niño.

GASPAR. -No puede ser. ¿Dónde habrá un don que convenga al Rey, al Hombre y al Dios juntamente?

(La luna brilla con claridad más suave, más misteriosamente dulce y soñadora. El desierto parece un lago de plata. Sobre el horizonte se destaca una figura de mujer bizarramente engalanada y ricamente vestida, hermosa, llorosa, con larga cabellera rubia que baja hasta la orla del traje. Lleva en las manos un vaso mirrino lleno de ungüento de nardo, cuya fragancia se esparce e impregna la ropa de los Magos, y sube hasta su cerebro en delicados y penetrantes efluvios. Y los tres Reyes, apeándose y prosternados sobre el polvo del desierto, envidian, con envidia santa, el don de la pecadora Magdalena.)

El niño es una de esas criaturas delicadas y precozmente listas, que se crían en las grandes poblaciones, privadas de aire, de luz, de ejercicio, de alimento sólido y sano, víctimas de las estrecheces de la clase media, más menesterosa a veces que el pueblo. Siempre limpito, con su pelo bien alisado, formal, dócil y reprimido naturalmente, Eloy no da en la casa quebraderos de cabeza. Verdad que si los diese, ¿cómo se las arreglaría para meterle en costura su infeliz madre, viuda sola y atacada de un padecimiento crónico al corazón? Precisamente la verdadera causa del buen porte y conducta de Eloy es esa vehemente y temprana sensibilidad que suele despertar en las criaturas el temor de hacer sufrir a un ser muy amado, de entristecer unos ojos maternales, de agravar una pena que adivinan sin poder medir su profundidad.

Eloy estudiaba las lecciones al dedillo, porque su madre sonreía con descolorida sonrisa cuando le oía recitarlas de memoria; Eloy cuidaba mucho la ropa y el calzado, porque se daba cuenta de que su madre no tenía para comprar y reponer lo manchado o roto; Eloy se recogía a casa al salir de la escuela, en vez de quedarse pilleando y haciendo demoniuras con sus compañeros, porque su madre se alegraba al verle volver, y el chiquillo, con la intuición del corazoncito cariñoso, olfateaba que la melancolía de mamá se aliviaba con su presencia, y que al enviarle a aprender, separándose de él por largas horas, realizaba un sacrificio.

Recordaba Eloy, sin embargo, confusa y minuciosamente a la vez, como recuerdan los niños, tiempos recientes en que su madre no se quejaba, en que vivía gozosa. Es cierto que entonces un hombre joven, brioso, animado, de pisar fuerte y negros bigotes, vivía en la casa. ¡El papá! Eloy asociaba su memoria a la de cabalgatas en las rodillas o sobre la punta del pie, violentos besos en los carrillos, un simpático olor a cigarro fino, risas y juegos y humoradas como de otro muchacho... Después..., el papá desaparecía, y la mamá tenía a toda hora los párpados hinchados y rojos. La casa se volvía callada y tristona, y Eloy sentía escrúpulos, recelos de jugar o de pedir alto la merienda, porque le parecía estar dentro de una iglesia oscura o de un sepulcro. Los conocidos que encontraba le hablaban en tono compasivo al preguntarle "si había noticias de papá, que estaba en la guerra". ¡En guerra! Por el acento con que madre y los amigos modulaban la frase, comprendía Eloy que la guerra era una cosa muy terrible, atroz, malísima. ¿Quizá en la guerra papá se podía morir? ¡Ah, vaya si podía! Como que una tarde, al volver de la escuela, Eloy encontró a su madre con un síncope, a la criada hipando, a las vecinas del segundo que se lo llevaron y le atracaron a golosinas "para que no se impresionase, pobre pequeño"... Y al otro día, mamá le reclamó, le abrazó silenciosa, sin verter una lágrima, y le vistió de negro: traje entero, desde las medias hasta la boina. El muchacho no sabía definir, no acertaría a explicar en qué consistía la muerte; pero estaba seguro de que era algo espantoso, y que ese algo les impediría ya para siempre vivir contentos. Lloró a escondidas por no afligir más a su madre, y rezó las oraciones que sabía, muchas veces, "por el alma de papá". Desde entonces empezó a empollar firme las lecciones, a no hacer nada malo, a doblar la chaquetita antes de acostarse, a volver "al reloj" de la escuela, con los libros atados bajo el brazo. El alma de papá de seguro aprobaba tal proceder.

Sin embargo, el chico más juicioso es chico al fin, y Eloy, como oyese en los primeros días del año las conjeturas de sus compañeros acerca de lo que le traerían los Reyes, y los proyectos de zapatos colocados en la ventana o la chimenea, no pudo menos de dar suelta a la imaginación. También él deseaba que los Reyes le trajesen algo... ¿Por qué no se lo habían de traer, señores? ¿No había sido bueno el año enterito? Si pusiese su zapato en el alféizar de la ventana, ¿era justo que el zapato amaneciese vano como avellana vieja?

Afortunadamente, la misma idea de la equidad se había abierto camino en el espíritu de la madre de Eloy. Ella, que jamás salía, que se ponía a morir en las escaleras, se echó a la calle la tarde del 5, envuelta en su modesto coleto de paño pasado de moda, y se detuvo en la tienda de juguetes. Cuando volvió a casa llevaba escondida una cajita plana de cartón. La escasez, al imponer el cálculo, destruye muchos gérmenes de poesía. ¡Qué no hubiese dado aquella madre por traer a su niño el fogoso caballo mecánico, la reluciente bicicleta, el caprichoso cinematógrafo, la locomotiva de vapor con ténder y vagón, raíles verdaderos y caldera de cobre! Pero, ¡ay!, eran caprichos de media onza, diez duros, quince, y el bolsillo se encogía aterrado... No, no; convenía que el regalo de los Santos Reyes magos, sabios y doctos, no fuese una inutilidad, sino que coadyuvase a la instrucción del niño... Y la madre adquirió, por módico precio, un rompecabezas geográfico, nada menos que el mapa de España... Así, Eloy, jugando, aprendería mejor lo que ya había dado pruebas de no ignorar, pues en Geografía llevaba el número uno.

Levantándose a medianoche, dejó el huérfano su zapato entre la fría ceniza de la chimenea del gabinete, la única de la casa, encendida rarísima vez. Por la mañana, saltó de la cama, descalzo y tiritando, a ver si los Reyes... ¡Sorpresa inolvidable! Sus majestades se habían dignado venir: allí estaba la dádiva, el obsequio... ¿Qué encerrará aquella cajita chata, tan mona, con sus filetes dorados?... Eloy la cogió afanoso, se volvió a la cama blanda y tibia, y allí, con los brazos fuera y el tronco bien abrigado, desató la cinta y miró... ¡Anda, corcho! Los Reyes le habían traído un mapa... ¡Cómo les constaba el comportamiento de Eloy, su costumbre de "sabérselas"!... ¡De todos modos, un mapa! ¡Pch!... ¿No valía más un aristón o una linterna mágica igual a la de Pepito Ponzano, que siempre la estaba refregando por las narices a los otros?... Empezó Eloy a reconciliarse con los Reyes al averiguar que el mapita era de pedazos, y se desbarataba y volvía a arreglarse... Y ya levantado, tomó el café caliente. Mientras mamá se preparaba para ir a misa, Eloy se divirtió, armó y desarmó el país, barajó a España cien veces, revolviendo a Zaragoza con Valladolid y a Salamanca con Vigo...

De pronto, meditabundo, interrumpió su tarea e interrogó, inquieto, a su madre:

-Mamá, te han engañado... El juguete está incompleto. Falta aquí mucha España. No encuentro la isla de Cuba. Ni a Puerto Rico... ¡Falta España!

Arrasáronse los ojos de la madre, y se quedó parada, con el velito a medio prender. Por último, encogiéndose de hombros:

-¡Esas tierras están tan lejos! -dijo-. Y ya no son de España, mira... Acierta el rompecabezas, porque... ya no son. ¡Allí murió tu padre...!

Eloy calló: una tristeza mayor que las habituales, desmedida, que no cabía en el alma de un niño, pesó un instante sobre su pensamiento. Y con ademán expresivo, apartó, rechazó el regalo de los Reyes.

A la cabecera del moribundo estaban Preciosa y Conrado, asistiéndole en sus últimos instantes, temblorosos como el criminal que sube las escaleras del cadalso. Y criminales eran -aunque criminales triunfantes y coronados por el ciego Destino- Conrado y Preciosa. El que, después de largos sufrimientos, sucumbía en el cuarto, impregnado de olores a medicinales drogas, entristecido por la luz amarillenta de la lamparilla, que iba extinguiéndose al par que la vida del agonizante era el esposo de Preciosa, el protector y bienhechor de Conrado; y para los que, de común acuerdo, le engañaron y ofendieron sus canas, no tuvo nunca aquel honradísimo viejo, generoso y confiado como un niño, más que palabras de dulzura y hechos de bondad y amor. Abierta siempre a Conrado su bolsa y su casa; abiertos siempre los brazos y el corazón para Preciosa, cuya juventud no quiso entristecer nunca con severidades de anciano y melancolías de enfermo, el infeliz tenía derecho a la gratitud y al respeto más tierno y grave..., ya que otros sentimientos vehementes no pueda inspirarlos la senectud. Y ahora se moría, se moría lentamente..., después de advertir a Preciosa que quedaba instituida su única heredera, y que, si no sentía repugnancia por Conrado, a quien él miraba como hijo, deseaba que ambos le prometiesen casarse a la terminación del luto.

Cuando manifestó así su voluntad, en voz desmayada y flaca, y apoyando sus manos ya frías, en las manos febriles de Conrado y Preciosa, los dos se estremecieron, y sus ojos, como delincuentes que tratan de ocultarse y no saben dónde, vagaron por el suelo, cargados con el peso de la vergüenza. Preciosa, sin embargo, mujer y extremada en la pasión, fue la primera que recobró ánimos y, reaccionando violentamente, trató de atraer la mirada de Conrado y de pagarla con una débil sonrisa. Pero Conrado, como si sintiese picaduras de víbora, se retiró al fondo de la alcoba y, dejándose caer en la meridiana, escondió entre las palmas el rostro. Un silabeo apenas perceptible del moribundo le llamó otra vez a la cabecera del lecho.

-Conrado, mira: soy yo quien te lo ruega en este momento solemne... No dejes desamparada a Preciosa... Que sea tu mujer, y quiérela y trátala..., como la quise yo... Siquiera por el día en que estamos..., dame palabra.

Y Conrado, balbuciendo, solo pudo barbotar:

-La doy, la doy...

Lució una chispa de contento en las apagadas pupilas del moribundo; pero como si aquel esfuerzo hubiese agotado el poco vigor que le quedaba, cayó en un sopor, nuncio del fin. Tal fue la opinión del médico, que aconsejó se trajese la Extremaunción sin tardanza; pero al llegar el sacerdote con los santos óleos no había calor vital en el cuerpo; Preciosa lloraba de rodillas, y Conrado, agitadísimo, paseaba desesperadamente arriba y abajo por el gabinete que precedía a la estancia mortuoria... El sacerdote, que salía, le tocó suavemente en el hombro.

-No se aflija usted -dijo en tono afectuoso, confundiendo con un gran dolor aquel acceso de remordimiento agudo-. Las virtudes de este señor le habrán ganado un puesto en el cielo. Y después, la misericordia de Dios, ¡especialmente en el día en que estamos!...

Era la segunda vez que esta frase resonaba en los oídos de Conrado; pero ahora resonó, más que en los oídos, en el alma. ¡La misma del moribundo!: "El día en que estamos..." ¿Y qué día era? Conrado necesitó hacer memoria, reflexionar... Recordó de pronto; un relámpago hirió su imaginación fuertemente. El día era el Viernes Santo.

Pocos instantes después de haberse retirado discretamente el sacerdote, que prometió volver a velar el cuerpo, acercóse Preciosa a Conrado de puntillas y quedó espantada de su actitud, del movimiento que hizo al verla tan próxima. ¡Qué desventura! Conrado ya no la quería; a Conrado le infundía horror desde que la muerte había penetrado allí... Adivinaba el estado de ánimo de su cómplice, y precaviendo el porvenir, aspiraba a disipar aquella nube de tristeza, aquella alteración de la conciencia impura. "Si esta noche vela el cadáver, se preocupará más; se grabará doblemente en su espíritu esta impresión terrible..." Una idea acudió a la mente de Preciosa, fértil en expedientes, atrevida, como hembra apasionada, y resuelta a lograr su antojo.

Entró en la estancia mortuoria, y sobre el mueble incrustado, frente a la cama buscó, entre otros frascos, el que contenía poderoso narcótico. Una gota calmaba y amodorraba, dos adormecían; tres o cuatro producían ya el sueño largo, invencible, muy duradero, semiletal... Al poco rato, Preciosa se acercó a Conrado nuevamente y le sirvió por su mano una taza de tila.

-Bebe, estás nervioso.

Conrado bebió por máquina; apuró la calmante infusión... Cuando empezó a notar cierta pesadez incontrastable, le guió Preciosa a su propio cuarto, le reclinó en el amplio diván, revestido de raso y almohadillado de encaje; cubrióle con rico pañuelo de Manila, le abrigó con edredón ligero los pies, le puso almohadas finas bajo la nuca. "Duerme, duerme -pensó-, y no despiertes hasta que esté fuera de casa "el otro"."

Conrado, entretanto, abría los ojos, sacudía el sueño de plomo que le había postrado y se restregaba los párpados, notando que el sitio en que se encontraba no era el elegante dormitorio de su tentadora Preciosa, sino una calzada en cuesta, empedrada de losas rudas y anchas, sobre la cual caía a plomo un sol ardoroso y esplendente, como de primavera en un país cálido. Miró en derredor. A sus pies se extendía una ciudad que le parecía conocer mucho. ¿Dónde había visto él aquellas puntiagudas torres, aquellos extensos baluartes, aquel recinto fortificado, aquellas casas cónicas, aquel monumental templo, aquellas puertas angostas, sombrías, bajo las cuales cruzaban dromedarios y bueyes guiados por hombres de atezado cutis?

La vestimenta de estos hombres también se le figuró a Conrado, aunque extraña, "vista" alguna vez, no en la realidad, sino en esculturas o cuadros como que era la indumentaria hebraica de la gente humilde en tiempo de Augusto -la "chituna" o túnica ceñida, el tallith o manto, el "sudaz" que rodea las sienes, el ceñidor que ajusta el ropaje y los pies descalzos, o metidos en gastadas sandalias de cuero-. Conrado pensó oír una voz persuasiva, salida quizá de lo íntimo de su ser que murmuraba misteriosamente:

-"Esa ciudad es Jerusalén."

¡Jerusalén! Conrado casi no se admiró, Jerusalén no era para él un lugar exótico. ¡En Jerusalén había pensado tantas veces! Desde niño, por el Nacimiento que preparaba su madre, se había familiarizado con Jerusalén. En Jerusalén tenía hogar su espíritu, su fe tenía casa propia. Lo único que sintió fue inmensa alegría..., imaginó volver de un largo destierro.

Un grupo de gente que se apiñaba en la puerta fijó la atención de Conrado. Instintivamente siguió al grupo. Por un camino que defendían a ambos lados setos de chumberas y que orlaban palmas y vides, rosales de Jericó e higueras ya cubiertas de hoja, dirigíase el grupo hacia áspero cerrillo, que destacaba sus líneas duras sobre el horizonte color de violeta. Bullía una muchedumbre en la colina; hormigueaban los de a pie, y se mantenían inmóviles sobre sus recios corceles los legionarios, cuyas lorigas y rodelas rebrillaban. Dominando la multitud, coronando la escena, erizando el cerro, se erguían tres cruces negras, sobre las cuales parecían estatuas de pórfido rosa, desde lejos, los cuerpos de los tres ajusticiados...

Conrado entonces tampoco se asombró; tampoco se creyó juguete de un delirio. Al contrario: se penetró de que estaba asistiendo, no a un drama, a la representación de la verdad misma. Aquella escena, aquella triple crucifixión y, sobre todo, una de las cruces, la llevaba él dentro desde los primeros días de la niñez. Si había sufrido, era cuando, teniéndola en sí, no podía verla ni contemplarla; cuando se le desvanecía, como se desvanece el rostro de una persona querida al querer reconstruirlo cerrando los ojos... ¡Qué felicidad poseer de nuevo la visión -clara, concreta, firme, indubitable- de "la Cruz", no una cruz de oro, plata ni bronce, sino la Cruz viva, el madero al punto en que lo calienta el calor del Cuerpo divino, y lo empapa la sangre redentora! Conrado, sin aliento, de tan aprisa como iba, seguía al grupo, subiendo la agria cuesta, hollando el seco polvo y los abrojos espinosos del siniestro Gólgota, salpicado de blancos huesos humanos que calcinaba el sol... Su afán era colocarse cerca de la Cruz, ver la cara del Salvador en la suprema hora.

Era difícil la empresa. Bullía cada vez más compacta la muchedumbre. Como sucede en sueños, a cada obstáculo que Conrado lograba vencer, surgían otros mayores, insuperables. Nadie le quería abrir paso. Pastores de la sierra, tratantes y tenderillos de la ciudad, mujeres harapientas con niños famélicos en brazos, fariseos altaneros, esenios pálidos y compadecidos, hijas de Jerusalén, modestas burguesas, que bajaban los ojos llenos de lágrimas al ver las torturas del Maestro, y, por último, los soldados a caballo, enhiesta la lanza, se atravesaban para impedir que nadie salvase el círculo de cuerda y estacas que rodeaba los patíbulos. Conrado suplicaba, cerraba los puños, quería infiltrarse, llegar hasta la Cruz central, más alta que las otras, donde colgaba Jesús; quería verle vivo, antes del momento en que, doblando la cabeza, exclamase: "Todo se acabó." Una angustia profunda se apoderaba de Conrado. ¿Lo conseguiría cuando ya el Salvador hubiese muerto? Y bañado en sudor, anhelante, afanoso, corría, corría en dirección a la cima del cerro, que siempre se le figuraba más distante.

Sus ojos divisaron entonces a una Mujer abrazada al árbol mismo de la Cruz; y sin reparar que la Mujer estaba casi desvanecida de congoja, fijándose sólo en que a aquella Mujer "también la conocía", gritó con esfuerzo:

-¡María, María de Nazaret!, alárgame la mano, que quiero llegar hasta tu Hijo.

Y María de Nazaret, temblorosa, con los ojos inflamados, trágica la actitud, se adelantó, alargó la mano, cubierta por un pliegue del manto, y Conrado, inmediatamente, se halló al pie del madero, tan cerca, que el ruido del afanoso resuello del moribundo se le figuraba un huracán. Sin embargo, pensó con gozo: "¡Vive! ¡Vive! ¡Puede escucharme todavía!"

Y alzando la frente, doblando las rodillas, poniendo la boca sobre el palo ensangrentado, cerca de los sagrados pies, Conrado suspiró:

-¡Jesús, Jesús, no me abandones!

Y, ¡oh, asombro!, una voz dulce empapada en lágrimas, respondió, desde arriba:

-Tú eres el que me abandonaste hace años, Conrado. ¿No te acuerdas?

Profundo sacudimiento experimentó Conrado. Un agudo cuchillo de pena, de contrición, se clavó en su pecho: Miró hacia lo alto con ansia: Jesús ya había inclinado la cabeza; el sol se velaba tras negrísima nube; la tierra se estremecía, convulsa; a las plantas de Conrado se abrió una grieta horrible, casi un abismo..., y el pecador, atónito, cayó con la faz contra el polvo y las rocas descarnadas...

Al despertarse Conrado de su largo sueño artificial, Preciosa estaba allí, vestida de negro, pero linda, fresca, reposada, espiando el instante de estrechar entre sus brazos al durmiente.

Éste se incorporó, aturdido aún, sin darse exacta cuenta de lo que le sucedía...

Preciosa, sonriendo, quiso halagarle, ser para él la vida que renace al borde de una sepultura. Conrado, sin aspereza, la rechazó; y a paso mesurado, firme, sin tambalearse ya, despejada la cabeza, salió a la antecámara, abrió la puerta, la cerró de golpe y corrió a la calle... Una brisa suave acarició sus sienes.

Era la mañana del Domingo de Resurrección.

El último chá de Persia, que, según nadie ignora, murió a manos de un fanático, tuvo en su historia una página de muy pocos conocida, y yo la ignoraría también a no referírmela una viajera inglesa, de esas mujeres intrépidas e infatigables que registran con emoción y curiosidad los más apartados confines del planeta. Cómo se las arregló miss Ada Sharpthorn (que así se llamaba la inglesita) para obtener la confianza y casi la privanza del sha y penetrar en la cerrada magnificencia de su palacio y conocer íntimamente a sus allegados áulicos, cortesanos y generales, es punto de difícil investigación; pero seguramente, al aspirar a este resultado, no se valió miss Ada de ningún medio reprobable, pues compiten en esta valiente exploradora la decencia y pulcritud de las costumbres con la austeridad del criterio moral y la delicadeza de la conducta. Si miss Ada gozó privilegios desconocidos en Persia, debe atribuirse a la tenacidad que sabe desplegar la raza anglosajona para conseguir sus propósitos, tenacidad que va haciendo a esa raza dueña del mundo.

Contóme miss Ada el episodio que voy a narrar la tarde del Jueves Santo, mientras recorríamos las calles de Ávila visitando Estaciones. En aquellas calles, que todavía recuerdan por varios estilos la Edad Media española, el nombre de Persia sonaba como el de un país fantástico, de juglaresca leyenda o de romance tradicional; costaba trabajo admitir que existiese. Quizá la misma "irrealidad" de Persia en la pacífica atmósfera de la ciudad teresiana, acrecentó el interés de los extraños recuerdos de viaje que evocaba miss Ada, y que intentaré trasladar al papel sin alterarlos.

-Nasaredino -empezó la inglesa- era un monarca absoluto, a quien sus vasallos llamaban sombra de Dios, y que disponía de haciendas y vidas, con dominio incondicional. No sé si ahora se habrá modificado el régimen interior de Persia; entonces -y son épocas bien recientes- no había allí más ley que la omnímoda voluntad de Nasaredino. Para mayor desventura de sus súbditos, el sha no conocía el cristianismo, o, por mejor decir, no quería conocerlo ni permitía que se propagase en sus estados opinión alguna que se apartase del código de Mahoma. Quizá comprendía que Cristo Nuestro Señor es el verdadero enemigo de los déspotas, y que la libertad y la dignidad humanas tuvieron su cuna en el humilde establo de Belén.

Esa misma intransigencia del sha con nuestra santa religión me incitó a probar si le atraía el terreno de la controversia, a fin de combatir sus errores. Aprovechando la rara amabilidad con que me acogía, me dediqué a catequizar a Nasaredino, y buscando el flaco de su orgullo, comencé por pintarle la gloria y prosperidad de naciones cristianas como Francia y la Gran Bretaña, superiores en las mismas artes de la guerra a las naciones sujetas al fanatismo musulmán. Mis argumentos parecían hacer mella en el monarca; a veces le vi quedarse pensativo, acariciando la negrísima y puntiaguda barba, con los rasgados ojos de pestañas de azabache fijos en el punto imaginario de la meditación. No era un necio; ciertas ideas le movían a reflexionar; ciertos problemas se le imponían a pesar suyo, al través de su oriental indolencia y su soberbia de dueño absoluto de muchos millones de seres racionales. Despaciosamente, en correcto inglés solía, transcurrido un rato, contestarme, no sin alguna inflexión de desprecio en su voz grave y bien timbrada.

-Jamás me convenceré de que sean heroicas y viriles naciones que se postran ante un Dios humilde, muerto en un suplicio afrentoso. El gran atributo de Dios es "el poder" y "la fuerza". La única explicación que encuentro a ese enigma es que vuestras naciones se llaman cristianas sin serlo realmente, y cuando funden cañones y botan al agua barcos blindados niegan a su Dios con los hechos, aunque le reconozcan con la palabra. Y porque le niegan han logrado el predominio que ejercen. Si se atuviesen a la letra de su fe, como nos atenemos nosotros a la nuestra, nosotros les pondríamos la planta del pie sobre la garganta.

Al hablarme así Nasaredino, dejábame confusa. Pertenezco a las "Ligas" de desarme y de la paz universal, y confío más en la energía del amor y de la fraternidad que en todos los ejércitos de Europa reunidos. Mas, ¿cómo hacer entender la verdad a un bárbaro, y a un bárbaro que se cree un semidiós? Sin embargo, lo intenté. A mi manera, empleando los razonamientos que me sugirió la convicción, le di a entender que la misma fuerza material necesita fundarse en la moral, y que sin base de derecho y razón se derrumba toda soberanía. Y pasando a tratar de nuestro Dios, le afirmé que precisamente el haber sufrido y muerto como murió fue esplendorosa muestra de su ser divino. El sha, moviendo la cabeza me contestó entonces esta atrocidad:

-De esa misma manera que pereció tu Profeta sucumbe todos los días alguno o muchos de mis vasallos. Y ni aun así conseguimos acabar con la perniciosa secta de los "babistas", cuyas doctrinas se asemejan a las de vuestros Evangelios.

-Lo confieso -exclamó miss Ada al llegar a este punto-: tan horrible declaración me trastornó, y estuve a pique de prorrumpir en invectivas contra el tirano. Me reprimí trabajosamente, y Nasaredino, de pronto, como si se hubiese olvidado del giro de la conversación, me anunció que al día siguiente se verificaría una representación teatral en los jardines de palacio, y que me convidaba a ella.

Son estas funciones dramáticas espectáculo favorito de los persas, y todos los viajeros las describen: se celebran de noche, a la luz de los farolillos y linternas y de las hachas encendidas, y el telón de fondo lo da hecho la Naturaleza: una cortina de árboles, un macizo de flores, una fuente, un ligero quiosco, constituyen la decoración. Habituada a asistir a tales funciones, me sorprendió, sin embargo, el aspecto del escenario y el golpe de vista del concurso. En primer término, sillones para el sha y los altos dignatarios: detrás la servidumbre, la multitud de funcionarios y parásitos que pululan en el palacio, infestando sus galerías, claustros, patios y salones. A la izquierda, una especie de tribuna o palco cerrado por rejas de madera dorada y pintada de colorines, desde el cual presenciaban la función, ocultas a los ojos de todos, las esposas de Nasaredino. Con extrañeza noté que no se había invitado a ningún diplomático; la única extranjera, yo. Mi sillón, colocado muy cerca, aunque un poco atrás del soberano, era un puesto altamente honorífico.

Al empezar la representación, desde las primeras escenas, percibí un estremecimiento. Yo no podía entender el idioma en que se expresaban los actores, y que es una especie de dialecto persa muy literario y arcaico (el habla misma bella y sonora, que empleó el poeta Firdusi); pero aun sin inteligencia de las palabras, me parecía darme cuenta del sentido, y hasta creí que era familiar para mí, como algo que hubiese escuchado mil veces y otras tantas llevado en mi corazón. Las escenas del drama me recordaban cosas íntimas, vistas, por decirlo así, al través de un vidrio turbio y roto que desfiguraba los objetos, alternando sus colores y rasgos, sin ocultarlos enteramente. Al final del primer acto (llamémoslo así; la transición consistía en extender un riquísimo paño por delante del escenario y dejarlo caer a los cinco minutos), y mientras nos presentaban amplias bandejas cargadas de golosinas, refrescos y sorbetes, de súbito vi claro: el asunto del drama no era sino la vida de Jesucristo, interpretada a estilo persa.

Se apoderó de mí una tristeza involuntaria. Temía una profanación, una burla, cualquier desmán que hiriese mis sentimientos, y hasta que pudiese obligarme a faltar al respeto al monarca levantándome y retirándome. En voz baja le pregunté si creía que me sería posible permanecer allí; y el sha, con lenta inclinación de cabeza, me tranquilizó; después, volviéndose hacia mí, murmuró seriamente, con toda su oriental majestad:

-No temas ofensa alguna para tu fe ni para tu gran profeta.

En efecto, las páginas principales de la sagrada Vida iban desarrollándose más o menos ingenua y peregrinamente interpretadas, pero con profundo sentido de veneración y de simpatía hacia el Salvador de los hombres. Jesús aparecía Niño, jugando en el atrio del templo; después le veíamos predicar a las multitudes; presenciábamos la tentación de la Montaña, el diálogo con Eblis, genio del mal, y por último, en el tercer acto, penetrábamos de lleno en el drama de la Pasión al ser preso Jesús en el huerto, no sin que trabase ruda y encarnizada batalla entre los discípulos y los sayones, que todos iban armados hasta los dientes, con "kanjiares", puñales, pistolas inglesas y espingardas, y dispararon hasta agotar la pólvora, siendo esta parte de la función, gracioso anacronismo, lo que más parecía entusiasmar al auditorio. Era indudable que el papel de traidores lo desempeñaban los enemigos de Jesús, lo cual se traslucía hasta en el modo de vestirse y de caracterizarse los actores, siniestros y feroces, antipáticos de veras.

Al principiar el acto cuarto, que debía ser el último, el actor que desempeñaba el papel de Jesús apareció atado a una columna de jaspe; empezó la escena de la flagelación, que desde el primer instante me crispó los nervios. Supuse que se trataba de un juego escénico; pero así y todo, salté en el asiento y me tapé los ojos con el pañuelo disimuladamente. Era el actor un hombre joven, como de unos veintiocho años, de noble tipo semítico; llevaba los negros cabellos crecidos y partidos en bucles, y en la escena de la tentación, dialogando con Eblis, había tenido acentos llenos de dignidad, de desdén y de dulzura conmovedores hasta para los que no entendíamos los conceptos. Ahora, amarrado a la roja estela, con el torso desnudo y el rostro respirando un entusiasmo misterioso, una sed de sufrir, revelábase, sin duda, como trágico genial: tanta era la verdad de su ficción, la expresiva fuerza de su actividad. Por lo mismo no quería verle; me conmovía demasiado. El silbido de las cuerdas y de los látigos rasgó el aire; escuché cómo sonaban al herir la carne viva, y hasta oí un sofocado gemido, que semejaba involuntario... Y la voz del sha, su acento de mando grave y, sin embargo, cortés, me obligó a atender, a pesar mío, diciéndome en inglés, con irónica entonación:

-No te niegues a mirar. Lo que sucede ahí no es farsa, sino la realidad misma. Persuádete de lo fácil que es padecer resignadamente y hasta con gozo. El papel de tu Profeta lo está desempeñando a lo vivo y sin protestar un "babista" condenado a muerte... Ya le verás crucificar después.

El grito que exhalé debió ser terrible; como que se detuvieron los verdugos, y Nasaredino me fulminó una ojeada severa, tétrica, imponente. Otra mujer se hubiera acobardado; pero una inglesa, en caso tal, saca de su orgullo de raza y de su cristianismo fuerza bastante para no arredrarse, aun cuando se le viniese encima el mundo.

No sé lo que dije al sha: primero creo que le anuncié una cruzada de las naciones civilizadas contra sus reinos y su poder, y le vaticiné venganzas humanas y cóleras del Cielo; mas como el tirano permaneciese impasible y aun firme y aferrado a su crueldad, una inspiración me sugirió que la causa de Jesús ha de sostenerse por medio de la piedad y de las lágrimas, y arrojándome de súbito a los pies de Nasaredino, cogiendo sus manos llenas de anillos magníficos, las besé, las mojé con llanto, las sujeté, las apreté, hasta que una voz, a mi parecer descendida del cielo, murmuró casi en mis oídos:

-Levántate, extranjera. Serás complacida. Te regalo la vida de ese perro.

No sé lo que respondí. Debieron de ser extremos de júbilo tales, que el grave y pálido rostro del sha se iluminó con una fugitiva sonrisa, y su mano derecha, salpicada de mi lloro, que resplandecía sobre las sortijas de piedras, se extendió en imperativo ademán, comprendido instantáneamente por los que torturaban al desdichado ya cubierto de sangre. No era sólo la vida, era la libertad lo que le otorgaba aquel gesto mudo, y en el exceso de mi alegría echéme a llorar otra vez...

Al llegar aquí guardó silencio la inglesa, y yo sólo acerté a preguntar:

-¿Y qué fue del hombre a quien usted salvó?

-Ese hombre -balbució miss Ada-, dos años después..., asesinó a Nasaredino... ¡Sí, el mismo perdonado!... Ya ve usted cómo no hay en el mundo sino una verdad, que es la verdad de Jesús... Para un cristiano, sería sagrado el hombre que supo perdonar siquiera una vez. Y yo, desde entonces, particularmente estos días de Semana Santa, rezo siempre por el que me regaló una vida; imploro a Dios como imploré al rey absoluto, que al fin me escuchó y se ablandó... Tal vez sea una ilusión rezar por Nasaredino, pero ilusión que me consuela.

-Y por el matador, ¿no reza usted? -interrogué cuando nos detuvimos ante el bello pórtico de la catedral.

-¡También debo hacerlo! -exclamó miss Ada, después de vacilar un instante.